Grötzinger · Dr Urmensch hot schwäbisch gschwätzt

Marlies Grötzinger

Dr Urmensch hot schwäbisch gschwätzt

ond andere schwäbische Gschichta

Illuschdriert von Jürgen Martensen

EPPE

Verlag Wilfried Eppe · Bergatreute

Die Deutsche Bibliothek – CIP-Einheitsaufnahme

Grötzinger, Marlies:
Dr Urmensch hot schwäbisch geschwätzt
ond andere schwäbische Gschichta/
Marlies Grötzinger. Ill. von Jürgen Martensen. –
Bergatreute: Eppe, 1992

ISBN 3-89089-224-8

Gestaltung, Satz, Reproduktion und Druck:
Wilfried Eppe, Bergatreute

Buchbinderische Verarbeitung:
Großbuchbinderei Moser, Weingarten

ISBN 3-89089-224-8

Marlies Grötzinger wurde 1959 in Laupheim geboren und lebt im oberschwäbischen Burgrieden im Landkreis Biberach. Von Beruf Dipl. Verwaltungswirtin und freie Journalistin. Autorin eines Sachbuches. Sie ist Mitglied der Mundartgesellschaft Württemberg e. V.

Jürgen Martensen wurde 1964 in Memmingen geboren. Er lebt in Laupheim und in Konstanz am Bodensee. Nach abgeschlossenem Jurastudium arbeitet er derzeit als Rechtreferendar. Er malt seit seiner Kindheit. Seine Zeichnungen sind vor allem durch die „Schwäbische Zeitung" bekannt.

Für meinen Vater

Inhaltsverzeichnis

9 Vorwort

13 *So sand mir halt*

15 A ganza Lebensphilosophie
17 Zugfahra isch ebbes für Leit mit Grips em Hira
20 D'Frauabeauftragte vom Landkreis Biberach
22 An ihre Tüacher sollet ihr se erkenna
24 Ällaweil so müed
26 D'Zähn gand mancha Zähra
29 D'Hemmelfahrt
31 Nomen est omen
33 D'Reladividäts-Theorie uff schwäbisch
34 Vom Gähna ond Nesabohra
37 Wenn de Greane kommet
39 Dohoim isch am moischta los
42 Kaum bischt in, bischt scho wieder out

45 *Von dr Nana ond em Nehne*

47 Dr Urmensch hot schwäbisch gschwätzt
49 Frisch frisiert für zeah Pfennig
52 's Hausmetzga
56 Wellaweag ebbes worra
59 A guater Bettgwärmer isch ebbes wert

62 Hendrem Herzlesdürle
65 No reacht iberzwer

67 *Schwoba ond Anderleit*

69 Ha – wer isch etz do wohl ärmer dra?
71 A Versicherong gega Versicheronga
75 Von weaga maulfaul
79 A Radler für en Radler
83 A folgaschwers Mißverständnis

Vorwort

Was da scheinbar so treuherzig als „schwäbische Gschichta" daherkommt, hat es in sich. Das merkt der geneigte Leser schon bei der ersten Geschichte: Kaum ist ihm mit wohlvertrauten Klischees und kräftigem Appell an das schwäbische Wir-Gefühl stammesbewußtes Einverständnis abgewonnen, sieht er die eben so gepriesene „schwäbische Lebensphilosophie" schon an einem grotesk überspitzten Beispiel ad absurdum geführt. So vorgewarnt, wird er auch die subtilere Ironie späterer Geschichten wahrzunehmen wissen und der Autorin mit wachsendem Vergnügen in ihren Betrachtungen über Merk- und Denkwürdigkeiten des schwäbischen Alltags folgen. Denn diese „Gschichta" sind nicht einfach Erzählungen. Sie stehen vielmehr ganz in der ehrwürdigen Tradition der mundartlichen Zeitungsglosse, jener vielseitigen Gattung, in der die Mundartschreiber scharfsichtig und sprachmächtig der Zeit den Puls zu fühlen pflegen. Marlies Grötzinger hat die Zunft der Glossenschreiber selbst treffend charakterisiert:

„Eis Dialektkritzler sait dr Volksmund noch, mir däbet de kleine Leit uffs Maul gucka. Drbei isch des a glatta Ondertreibong – it amol de halb Wohret isch des. Mir nemmet erschtens ist bloß de kleine Leit, sondern vor allem d'Bolitiker, Honoratiora ond andere Groskopfete uff eiser Bleistiftschippa. (. . .) Zwoitens gucket mir eisere Mitmenscha it bloß uffs Maul, sondern au en d'Auga, uff d'Nes, uff d'Händ ond uff älles mögliche sonscht no." (Seite 34)

Daß Marlies Grötzinger gewohnt ist, genau zu beobachten und sich ihre eigenen Gedanken zu machen, das merkt man diesen Geschichten an. Und wo sie Kritikwürdiges sieht, hält sie mit ihrer Meinung nicht hinter dem Berg. Wenn in der vorliegenden Auswahl die „Großkopfeten" weniger in Erscheinung treten, dann hängt das unter anderem damit zusammen, daß eine Buchveröffentlichung nicht in gleichem Maß der Tagesaktualität verpflichtet sein darf wie die Zeitung – da erweisen sich die Themen aus dem Alltag der „kleinen Leute" allemal als beständiger. Im übrigen finden Glossenschreiber auch da genügend, was sie mit spitzer Feder aufspießen können, sind sie doch alle der Überzeugung, daß gerade das scheinbar so Selbstverständliche nicht einfach gedankenlos hingenommen werden darf. So halten sie uns den Vergrößerungsspiegel vor, in dem wir plötzlich deutlich erkennen können, wie es um uns steht. Aber das geschieht nicht besserwisserisch-belehrend.

Der Mundartglossenschreiber ist immer „einer von uns". Deshalb ist Selbstironie für ihn eine unverzichtbare Voraussetzung.

Marlies Grötzinger hat genug davon. Aber sie geht damit nicht hausieren. Der Leser muß selbst herausfinden, wie dieser und jener Text gemeint ist. Mehr als andere Glossenschreiber läßt die Autorin dem Leser Raum für sein eigenes Urteil. Das hängt damit zusammen, daß sie eher darstellt als kommentiert und wertet. Das erzählerische Element überwiegt. Deshalb kann sie diese Texte völlig zu Recht „Gschichta" nennen. Und sie erzählt anteilnehmend – mit sichtlicher Freude an netten Begebenheiten, aber auch mit einem guten Gespür für das Groteske mancher Situationen. Mit leichter Hand setzt sie dem Erzählten ironische Lichter auf oder spinnt den Handlungsfaden unversehens fort zu einer absurden oder hintersinnigen Pointe. Dabei meidet sie alle grellen Effekte.

Auch wo die Erzählerin deutlich ihre Meinung sagt, verfällt sie nirgends dem Irrglauben, schwäbische Texte seien um so besser, je mehr Kraftausdrücke sie enthielten.

Schwäbisch schreiben heißt bei Marlies Grötzinger, die Mundart ihrer heimatlichen Biberacher Gegend in ihrer Klangfülle und Treffsicherheit zur Geltung zu bringen und häufig auch über ihre Eigenarten nachzudenken. Im übrigen sind auch in den Inhalten die lokalen Bezüge zahlreich genug, um den Leser merken zu lassen, daß es sich hier nicht einfach um „schwäbische Gschichta“, sondern genauer um „oberschwäbische“ handelt.

Und dabei geht es keineswegs eintönig zu. Der Autorin stehen viele Register zu Gebote. Im ersten Teil des Buches mit dem Zwischentitel „So sand mir halt“ finden sich mehr Glossen im engeren Sinn: Kritische Anmerkungen zum Alltag und zu den Landsleuten im allgemeinen und im besonderen, Betrachtungen über Allgemeinmenschliches und über die Mundart, teils anekdotisch-erzählend vorgetragen, teils assoziativ-kommentierend. Der Mittelteil des Buches enthält unter dem Zwischentitel „Von dr Nana ond em Nehne“ Geschichten von früher, die bei vielen Leserinnen und Lesern Erinnerungen an die eigene Kindheit wachrufen werden. Aber auch da ist fast überall ein aktueller Bezug angesprochen, der den allzu glatten Konsum der Geschichten verhindert.

Ihre Gabe, Situationen prägnant darzustellen, bringt Marlies Grötzinger besonders im dritten Teil des Buches zur Geltung.

Das beliebte Thema „Schwoba ond Anderleit“ gestaltet sie in reizvollen Varianten. Dabei greift sie häufiger zum Mittel des Dialogs – wohl, weil ein solcher Zusammenprall unterschiedlicher Sprach- und Denkwelten von vornherein „dramatisch“

ist und sich außerdem nur im „Originalton“ wirklich überzeugend wiedergeben läßt.

Eine größere Zahl dieser Geschichten wurde erstmals in der „Schwäbischen Zeitung“ veröffentlicht, wo Marlies Grötzinger sich an die Tradition ihrer Vorbilder Hans Müller (alias Ludwig Hägele) und Fritz Schneider anschließen durfte.

Mögen sie auch beim Buchpublikum gute Aufnahme finden!

Norbert Feinäugle

So sand mir halt

ZAHLT ISCH ZAHLT !

A ganza Lebensphilosophie

Dia Mitbürger em Ländle, wo koine Schwoba sand – kuuz: de Reigschmeckte behauptet jo emmer, eis Schwoba däb ma iberall an eiserem Dialekt erkenna. Als Beispiel muaß eiser früherer Landesvater Lothar Späth herhalta. Der hot da Muat ghet ond hot au en aller Öffentlichkeit schwäbisch gschwätzt. Settige geits heit nemme viel. De allerwenigschte trauet sich no en ihrer Moddrsproch zom schwätza. Viele moinet, wer Dialekt schwätzt kenn d'Hochsproch it ond gher drom zu de Domme.

Sait doch neulich mei beschta Freindin zu mir, se däb an dr Volkshochschual en Kurs „Hochdeutsche Aussprache" bsuacha, se well en ihrem Beruf jo schließlich weiterkomma ond noch müaß ma sich halt richtig ausdrücka könna. 's Herz hot mir weh doa, wo i des ghört hau.

Do moinet doch d'Leit tatsächlich, daß se ihra Herkunft verschweiga könne, wenn se bloß ihra Aussproch änderet. Als ob en Schwob bloß sei Aussproch ausmacht. Schwob sei, des isch doch a ganza Lebensphilosophie!

A hoher Beamter uss em hiesiga Landratsamt hot amol a Dienschtreise uff Bonn nauf macha müssa. Seine Amtsgschäft hand ehn bis en Obend nei feschtghalta ond drom hot er müssa a Zemmer zom Übernachta suacha. Aber dia Hotels sand alle reacht teuer gwea. Er hot gsuacht ond gsuacht aber onder hondert Mark hot er oifach nix gfonda. „Hondert Mark, des isch en Haufa Geld für oimol schlofa“, denkt er ond des viele Geld hot ehn saumäßig greut, wo er's an dr Rezeptio über d'Theke gschoba hot.

„Des könnet ihr mit eis Schwoba it macha“, denkt er, schnappt sein Koffer ond goht en sei Kammer. „Wartet no, ui krieg i scho“, sait er zu sich, loht em Bad s hoiße Wasser laufa, dreht d'Hoizong voll auf, zündet alle Lampa a ond leit scho om achte ens Bett.

Wo er am nägschta Dag zom Morgaessa komma isch, hot er ganz mitgnomma ausgseah. So schlemm, daß ehn dr Kellner am End gfroget hot, ob er denn it guat gschlofa häb. Ganz narret bruddlet er: „Noi! Wia soll ma do au guat schlofa kenna? 's isch viel z'hoiß, viel z'hell ond viel z'laut gwea em Zemmer . . .“

Zugfahra isch ebbes für Leit mit Grips em Hira

Scho lang schiebet mir, mei Ma ond i, en Bsuach bei dr buckliga Verwandtschaft vor eis her. Freile wohnet dia Verwandte, wo mir bsuacha sottet, bis z'Gütersloh doba. Des isch it grad dr nägscht Weag. Endlich hand mir eis aufraffa könna ond hand ausgmacht, mir fahret amol wieder mit dr Eisabah ond helfet dene uss ihre rote Zahla. Am Schalter hot dr Eisabahner eis gsait, daß se zur Zeit grad a Sonderprogramm häbet: Mir könne als „Minigruppe" zum „Supersparpreis" für 180 Mark nach Gütersloh hin- ond wieder zruckfahra. Des sei a absoluter Knüller ond billiger als wenn mir a Fahrkart für de oifach Strecke kaufa dätet. Allerdings oi Bedingung müßtet ma eihalta: Mir dürftet it onder dr Woch, sondern erscht am Wochaende zruckfahra.

Als echter Schwob darf ma so a Angebot nadürlich it naus lau. Mit dera Kart em Sack sand mir also en eiseren Zug eigstiega ond hand ghofft, daß eis während dera langa Fahrt weaga am hoimfahra scho no ebbes eifalla werd. 's isch Dienstigmorga gwea ond am Freitigobend hand mir uff jeden Fall bei dr Hauptversammlung vom Kleitierzuchtverei drbei sei wella.

Uff dr Fahrt hand mir eis emmer wieder gsait, daß eiser Supersparpreis-Minigruppe-Rückfahrkarte viel billiger gwea isch, als wenn mir bloß a oifachs Billettle glöst hättet. Ond scho kurz noch Dortmund isch eis d'Lösung von eisrem Problem eigfalla: Eba weil's am billigschta isch, kaufet mir en Gütersloh

DRFÜR KOSCHTET'S BLOSS D' HÄLFTE !
Martensen

doba oifach nomol a Supersparpreis-Minigruppe-Rückfahrkarte von Gütersloh noch Biberach ond zruck. Noch isch des von doba ra nomol a Hinreise ond da Dag von dr Hinreise könnet mir bei dem Ticket jo selber bestemma. Ha ja, do hand mir gar nix verboddes doa – bloß dia Schlaula von dr Eisabahnverwaltung mit ihre oigene Idea austrickst!
So hand mir's noch au gmacht. Uff dr Rückfahrt – mir sand scho fascht en Ulm gwea – sait mei Ma uff oimol zu mir: „Du, woisch au, daß mir etz a ganza Zugreise noch Gütersloh ond wieder zruck guat hand!"
En dem Augablick isch grad dr Schaffner komma ond hot eiser Fahrkart seha wella. I be no ganz en Gedanka gwea ond hau se ehm ohne a Wort zom saga nagschtreckt. Wo er gsea hot, daß mir a Rückfahrkart noch Gütersloh hand, moß der gmoint hau, mir stammet von do oba. Uff jeda Fall hot er eis en seim beschta Hochdeutsch „einen angenehmen Aufenthalt in Süddeutschland" gwünscht. A bißle verdutzt hot er gucket ond isch glei zom nägschta Fahrgascht weiter, wo mir broit schwäbisch „dankschea" gsait hand.
Wo mir's Lacha vrdruckt ghet hand, hau i mein Ma nomol gfroget: „Wa hosch etz do vorher gsait? Wieso hand mir nomol a Reise noch Gütersloh nauf guat?"
„Ha ja", sait der ond zwenkeret, „mir hand doch zwoimol a Rückfahrkart kauft! Jetzt sand mir aber erscht oimol Biberach – Gütersloh ond zruck gfahra. Also hand mir no oi Minigruppa-Fahrkart Gütersloh–Biberach ond zruck, wo ma no gar it ausgnitzt hand. Woisch wa, morga isch Samstig, do hand mir wohl drweil. Mir fahret en dr Früah oifach drufflos ond machet eis do doba oiba a paar scheane Däg. Vielleicht z'Heidelberg, do witt du doch scho lang na!"

Hau i etz au scho gsait, daß mei bessera Hälfte a Fetzaberger isch . . .

D'Frauabeauftragte vom Landkreis Biberach

Wenn i d'Zeitong aufschla, muaß i mi emmer wieder wondera, was für Pöschtla heitzudag em Stellamarkt ausgschrieba werret. Do suachet zom Beispiel zwoi Landkreis a Frauabeauftragte. Glei drneaba isch a Azoig von ra größera Stadt em Norda. Do soll a „Gleichstellungsstelle für Frauenfragen" bsetzt werra. Des isch wahrscheinlich 's gleiche. Also mi dät bloß interessiera, was ma uff so a ma Poschta doa muaß. Dr Landkreis Biberach isch onder dr Herrschaft vom Dr. Steuer doch au ohne so a hauptberuflicha Emanzipationsfrau auskomma. (Emanze dät zwar leichter übers Maul rakomma, aber des Wort hot so a Gschmäckle!) Dr Wilfried Steuer isch do sogar ganz schlau drom nom komma: Vor einiger Zeit isch nehmlich en Biberach a Sitzong vom Landtag gwea. Alle Mitglieder von eisrer Landesregierong sand agreist ond hand d'Residenz von ihrem Kabinettskollega Wilfried Steuer besichtigt. D'Barbara Schäfer, d'Sozialminischdre von Bada-Württaberg, hot bei dera Gelegaheit da Dr. Steuer gfroget, wia's eigentlich en Biberach mit ra Frauabeauftragte ausseah däb. Dr Wilfried Steuer hot schlagfertig, wie er gwea ischt, ond weil er sich hot uff koine Diskussiona weaga seiner Amtsführong eilau wella, oifach gsait, er häb scho oina ond dia däb's ehm guat. D'Barbara Schäfer hot noch bloß no wissa wella, wia sei Frauabeauftragte hoißa däb. Vom Dr. Steuer hot se zur Antwort griagt: dr Nama von seiner Frauabeauftragte sei Ulrika Nisch.

Domit isch dia Afrog ganz eideitig beantwortet gwea. Ond prompt isch zom nägschta Treffa von de Frauabeauftragte au a Eiladong für d'Ulrika Nisch druckt worra. Aber dia hot bei dera Tagong o'entschuldigt gfehlt.

Für dia, wo it von dohana rom stammet oder it so guat katholisch sand: D'Ulrika Nisch isch a Kreuzschwester uss Hegne, dia en Mittelbiberach gebora isch, allerdings scho anno 1882.

Gschtorba isch se 1913 ond vor a paar Johr isch se selig gsprocha worra. Des isch au dr Grond, worom d'Leit des Frailein nia gsea hand.

D'Barbara Schäfer hot des nadürlich it gwißt. Aber dia Sach mit Steuers Frauabeauftragte hot se doch no gfuxet. Später hot se no gfroget, worom er sich d'Ulrika Nisch als sei Frauabeauftragte rausgsuacht häb. Aber dr Steuer isch jo it grad uffs Maul gfalla ond hot sei Mitarbeitre über da Schellakönig globet: Dia sei de ideal Frauabeauftragte für ehn, weil se des Gschäft erschtens ehraamtlich macht ond drom nix koscht ond zwoitens de beschte Verbindunga noch oba en Hemmel häb.

Ha ja, von so ra Mitarbeitre ka nadürlich jeder Chef bloß träuma! Vergessa hot dr Wilfried Steuer bei seiner Aufzählong wohl da dritta ond da vierta Grond: Se hot ehm neana neigschwätzt ond it dauernd ebbes von ehm wella.

An ihre Tüacher sollet ihr se erkenna

Zwar schtoht's it ganz genau so en dr Bibel, aber des isch wohl em frühera Landrat von Biberach, em Dr. Wilfried Steuer, amol em Hira rom'ganga. Dr Wilfried isch jo weit über sein Landkreis naus bekannt für sei (Vater)Landkreisliebe. Wer kennt's it, dia Sächala, mit dene er sei Muschterlandkreisle rausputzet hot: Da Kreismarsch, 's Kreislied, seine Kreisbegrenzongspfoschda – natürlich mit em Kreiswappa druff – sei Kreisfahna ond was sonscht no so älles „romkreiselet".

Männer, dia wo sich om da Landkreis Biberach bsonders verdient gmacht hand oder en dr Öffentlichkeit ebbes gleichsea sottet, derfet sich scho lang mit ra Kreiskrawatte schmücka. Em Zug dr Gleichberechtigong von Maala ond Weibla hot dr Landrat Steuer neaber de Kreiskrawatta schließlich au Kreisschäl en Auftrag gea. Dia Halstüacher sollet it bloß Ronzla ond Falta an de weibliche Häls verdecka, sondern wia Krawatta bei de Männer, a Auszeichnong für brave ond fleißige Kreisfraua sei. Drom leuchtet se em gleicha Nachtblau mit weiß-rote Schtroifa wia Kreiskrawatta au ond an 'ra fiewitziga Schtell sitzt's Allerheiligschte, nämlich 's Kreiswappa.

Pünktlich zur letschda Amtseisetzung von seine nuie Kreisrätinna isch der nuie Kreisschal rauskomma. A jeda hot oigens aus der Hand von ihrem Kreisfürscht so a begehrt's Tüachle griagt. Ond dr Wilfried Steuer selber isch erscht reacht stolz

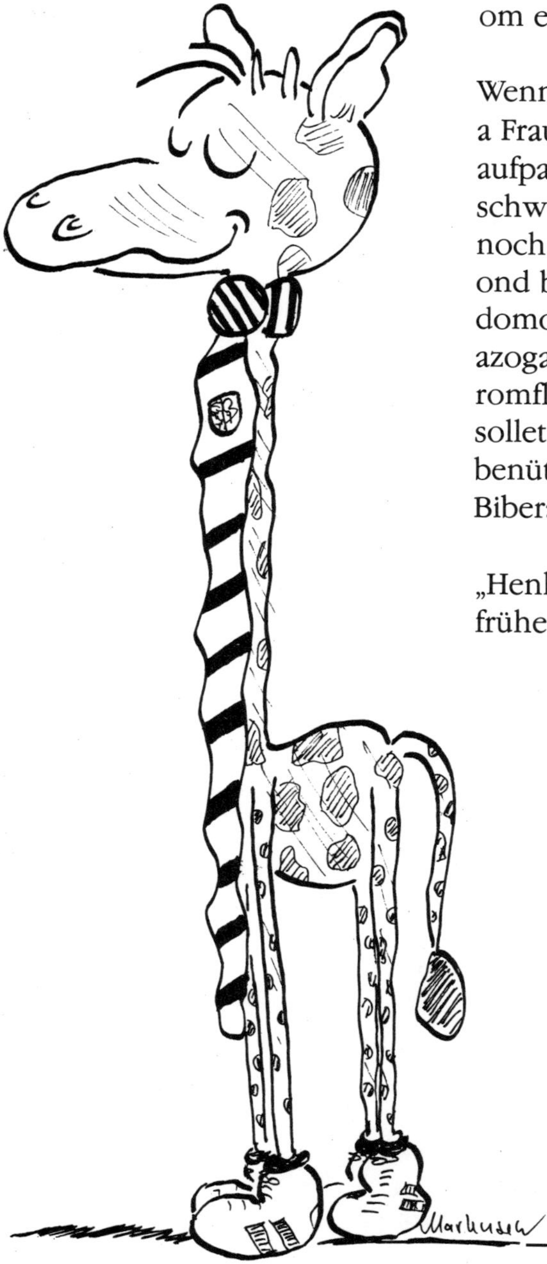

gwea, weil uff oimol sand lauter „guat betuachte“ Kreisfraua om ehn rom gschtanda.

Wenn Ihne also en Zukunft em Kreis Biberach oder außerhalb a Frau mit a ma blaua Halstuach begegnet noch müsset Se aufpassa. Gucket Se genau na ob it em a Eck des gelb-rot-schwaaze Kreisemblem blinket. Ond wenn dem so ischt, noch wisset Se, daß Se oina von Landrat Dr. Steuers fleißige ond brave Kreisfraua vor sich hand. Dr Wilfried Steuer hot domols selber gsait, er legt Wert druff, daß dia Kreisschäl au azoga werret ond it bloß em henderschta Eck vom Kaschta romflagget. Also, ihr liebe oberschwäbische Landfraua, ihr sollet it bloß fleißig dia Kreißsäl sondern au d’Kreisschäl benütza. Des wär ganz em Senn vom frühera Landrat von Biberach – so getreu dr Bauraregel:

„Henket’s rom ihr brave Fraua,
früher hätt ma ui zu Ritter ghaua!“

Ällaweil so müed

's isch schier it zom glauba, was d'Wissaschaftler älles rausbrenget: Dank dene könnet mir Kendla en de Gläsla ond Würscht ohne Floisch macha. En Auschtralien probieret se grad, ob d'Schäf, „gspritzt" mit de richtige Hormone, it ganz von alloi d'Woll awerfet, wenns Fell de richtig Länge hot. Aber au bei eis em Ländle werd ghörig gforschet. 's isch jo bekannt, daß mir Schwoba a fleißigs Völkle sand. Mir dätet au no meh schaffa wenn mir no it emmer so schnell müed werra dätet.

Oiner von eisere ganz schlaue Landsleit hot sich vor kurzem wieder amol saumäßig gärgeret, daß mir Menscha vom zwanzigschta Johrhondert emmer no oi Drittel von eiserem Leaba verschlofet. Er hot denkt, 's muaß doch a Möglichkeit gea, daß ma dia onötig Schlofarei uff a Mindeschtmaß reduziera ka.

A ma scheana Tag isch er wieder reacht müed gwea, aber er hot eigentlich koi Zeit zom Schlofa ghet. Drom isch er zom a kurza Verschnauferle ans Stalldoor nagloinet, hot en Stoi en d'Händ gnomma, so groß daß er grad schea en boide Händ gleaga ischt, hot d'Auga zuagmacht ond fescht dure gschnaufet. En dem Moment, wo ehn dr Schlof übermannt hot, isch folgendes passiert: D'Muskla hand sich glockeret ond d'Fenger sich vom Stoi glöst. D'Händ sand aufganga ond dr Stoi isch nagfalla – em Schlofer genau uff da groſsa Zeha. Bei

dem Schmerz isch der nadürlich sofort aufgwachet ond hot frisch ond monter weiterschaffa könna.

Er geit jo selber zua, daß ma dia Methode no a bißle verfeinera muaß, bevor se d'Allgemeinheit awenda ka. Vielversprechend isch se uff jeda Fall. Seine Versuach sand allerdings grad lahmglegt, weil er alle Zeah vrbonda hot. 's isch aber em allgemeina Interesse, daß er sei Aufgab möglichst bald erfülla ka.

Er suacht drom Leit, dia wo ihre Füaß au dr Wissaschaft zur Verfügung stellet. Bei dera Gelegaheit dätet übrigens au kromme Zeah koschtalos gradklopfet werra. Wer also au an dia wichtig Sach glaubt ond it so arg wehleidig ischt, soll sich möglichst bald z'Biberach em Krankahaus en dr nuia Abteilong für Zeahschirurgie melda.

D'Zähn gand mancha Zähra

Em groẞa od ganza könnet mir eigentlich scho z'frieda sei, wie eiser Herrgott d'Spezies Mensch zammagschuasteret hot. Bloß wo er eisere Beißwerkzeug gschaffa hot, also do muaß er scho reacht müad gwea sei. Eisere Zähn sand doch eindeitige Fehlkonstruktiona! Also des muaß i dem bei Gelegaheit scho amol saga. Ha, dia Waidäg, dia ploget eis doch solang mirs hand.

Halt, des stemmt jo gar it, scho vorher. Kaum sand de kleine Butzala uff dr Welt, scho goht's los: Se drialet ond bläret, schiebet d'Fenger – oder je noch Größe vom Schnäbele – boide Händ nei, hand a wonds Fidale, weil se dauernd d'Wendla gstricha voll hand, kuuz: se zahnet. Fürs Kendle ond d'Eltera isch's a Erlösung, wenn noch de erschte Zähnla durebrocha sand. Aber scho goht d'Arbeit mit dene los: Zähn putza werd agordnet! Jeden Tag de gleich Kommede. Mit Zahnbürschte, Zahnbasta, Zahnbecher, Mundddusche ond was sich sonscht no für Gerätschafta eibürgeret hand.

Eisere Vorfahra hand's allerdengs au it besser ghet: Bis vor ogfähr dreihondert Johr hand se Zahnpflege nehmlich mit Lompa oder Sägespän gmacht. Bestemmt au nix agnehms.

Zruck zu eis: Wenn noch so a kloins Menschle de erscht Garnitur endlich komplett hot, noch sand doch a paar an so a ra ogschickta Stell, daß se en Sturz vom Fahrrädle it überstandet. Aber dia dätet jo sowieso it viel länger heba, weil scho

de nägschte komma wellet. Mit de erschte Zahnlucka em Maul werd's Selbschtbewußtsei von dene Knirps 's erschtemol uff a harta Prob gstellt. So nett dia kloine Büabla ond Mädela sonscht au sand, spätestens wenn se lachet, könntescht moina, Graf Dracula stoht dr geganüber.

Mit em Erscheina von dr zwoita Garnitur lernet de Jonge glei de erschte Fremdwörter: Karies, Parodontose, Kieferorthopäde ond so weiter. Spanga ond Schrauba werret montiert, daß dia wichtige Doil von eiserem Gerüscht au richtig standet. Ond wenn's endlich soweit ischt, hosch erscht no koi Ruah. Emmer mol wieder meldet sich a oizelner Siach ond ploget de mit Zahnweh, daß da uff dr Sau furtreita könntescht. Zähn'-knirschend gosch zom Zahnarzt ond grad wenn's Uff-Zähn-beißa am wichtigsta wär, noch kasch des it, weil da 's Maul wagaweit aufmacha muascht. Dr Zahnklemptner will dein Stoibruch schließlich seha.

Dr gröscht Hohn isch, daß ma de letschte Backazähn d'Weisheitszähn hoißt. Als ob dia läschtige Denger ebbes mit Gscheidheit zom doa hättet. Koi Körnle Wohret isch do dra, koi bißle gscheider be i worra, seit i dia Kaliber hau.

Eisere Zähn sand leider koi Sach fürs Leba wia zom Beispiel d'Händ, d'Füaß oder d'Ohra. Dia fallet doch au it oifach weg ond nuie wachset noch – bloß d'Zähn hand so a saudomma Mode. Do isch's au koi Troscht, daß d'Schlanga, d'Schildkröta, d'Fisch ond d'Eidechsa ihre Zähn no öfter wechslet als mir Menschakender.

De dritte, des sand de allermenschte, vor allem de teuerschte. Dia koschtet a Heidageld! 's hoißt it omasonscht, daß d'Menscha mit zunehmendem Alter emmer wertvoller werret. Zumendescht bei dem, was se en ihrer Gosch romtraget, trifft des zua. Aber was witt macha, da brauchsch de Dritte halt, wenn da it uff de Felga rombeißa oder bloß Muas essa witt.

A paar ganz entscheidende Vorteil geganüber ihre Vorgänger hand se allerdengs: Wenn dir's drnoch ischt, kasch amol oba-ohne gau ond au getrennt von dene schlofa.

D'Hemmelfahrt

Bei eis em chrischtlicha Oberschwaba werret d'Feierdäg au no als settige ghalta. An de Vierfeschtr – also an Weihnachta, Oschtera ond an Pfingschta – ganget viele sogar zwoimol en d'Kirch.

's Schaffa am Sonntig ond an Feierdäg isch bei de geischtliche Herra reacht ogera gsea. Des isch logisch, weil dia wo do romkrauteret, dia kommet it en de heilig Mess ond dia füllet au koine Opfrkörbla.

's isch it überall so, daß dr Pfarr au naus got uss em Flecka, wia bei eis. Eiser Hairle macht sein Feierdagsspaziergang emmer naus en d'Flura. En dr frischa Luft ka er sein Chef ganz ogstört loba ond preisa ond gsond isch so a Ausflug au.

Wie er amol so durch d'Felder gwandlet ischt, hört er uff oimol en Krach, grad als ob oiner mit em a Hammer klopfa dät.

„Ja was isch au des", denkt er, „heit an Chrischti Hemmelfahrt schaffet so a Gottesläschterer! Ha no, do muaß i doch glei gucka, wer sich des erlaubt!" – ond mit a paar schnelle Schritt isch er dodana, wo des Gepolter herkommt. Scho sieht er oin von de gröschte Baura uss em Flecka, wie er grad Bretter für en nuia Schuppa zemmanaglet.

Wo der sein Pfarrer gsea hot, hot er schnell hender dr Holzbeig verschlupfa wella, aber dr Pfarr isch schneller gwea. Der hot glei mitkriegt was do ablauft ond schreit sein Abtrünniga a: „En dr Kirch hau i di heit it gsea! Aber dohana duascht romwuala. Du, des isch frei a Sünd! Heit isch Hemmelfahrt, heit werd it gschaffet."

„Hemmelfahrt", geit do dr Bauer schlagfertig zruck, „des isch doch mir gleich, i will jo it mitfahra!"

Nomen est omen

Also wenn da heitzudag „in“ sei witt, noch brauchscht mendeschtens en Doppelnama. No besser isch nadürlich en Dreifach- oder sogar en Vierfachnama. Se moinet, des geit's gar it? Ha, weit gfehlt. Einige von eisere Mitmenscha könnet sich so feudal schempfa. D'Leiterin vom bekannta Institut für Demoskopie am Bodasee hoißt zom Beispiel richtig: Elisabeth Noelle-Neumann-Maier-Leibnitz. Ah, den Nama muaß ma sich uff dr Zonga vergau lau.

Früher isch bei a ra Heirat ganz selbschtverständlich dr Nama vom Ma au dr Familiennama worra. A paar so Altmodische moinet zwar, des sei richtig gwea, do häb ma halt no gwißt, wo dra ma ischt. Heut ischt des anderscht; heut ka ma wähla. It bloß wenn dr Ma Ochsenwadel oder Woitczekabojewicz hoißt, ka er zom „geborener“ werda. Ma ka au en Doppelnama konschtruiera ond von dera Möglichkeit machet emmer meh Leit Gebrauch. So werd uss ema schlichta Herr Müller en nobla Herr Müller-Lüdenscheid ond uss dr oifacha Frau Maier a Frau Maier-Rosenzweig. Des hört sich doch glei viel wuchtiger a. Ond wenn da a Rede halta muascht, noch hand en Haufa Doppel- ond Dreifachnama en groẞa Vorteil: Bis da alle anwesende Persönlichkeita mit vollem Nama begrüßt hoscht, isch d'Redezeit vrbei. Bloß manchmol isch's au läschtig. Manchmol wirscht vor lauter Nama saga fascht it fertig mit schwätza – was mir Schwoba scheint's jo sowieso it obedengt gera dand.

Vor einige Johr hätt i dia Chance, ebbes uss mir – des hoißt ebbes uss meim Nama – zu macha, au ghet. Doch was hau i dau? Nix. Leider. Aber domols sand au fascht bloß Sozialarbeiter mit Doppelnäma romgloffa. Heut isch des nemme so. Erscht em a Doppelnama zoigt sich doch d'Emanzipatio. Ond wia hand scho de alte Lateiner gsait: Doppelnomen est omen!

Aber alles Lamentiera nitzt nix. Vrbei isch vrbei, de beschte Chanca kommet moischtens bloß oimol em Leaba. Damit i mit meim gwöhnlicha Nama it ganz „out“ be, hau i mir ebbes eifalla lau: Wenigstens beim Telefoniera meld i mi mit meim ganza Nama, also mit em Vor- ond mit em Zunama. Ha ja, ma moß sich halt selber überlischta. Bisher isch des au emmer guat ganga – bis uff oimol. Oimol froget mi doch der am andera Ende, wie nomol der erschte Doil von meim Doppelnama hoißa däb? Er hot echt „Doppelnama“ gsait! Schad, daß er nochgfroget hot. Schließlich hau i halt kleinlaut zugea müssa, daß der erschte Doil koi Doppelnama mit Bindestrich ond allem drom ond dra, sondern bloß mei Vornama ischt.

D'Reladividäts-Theorie uff schwäbisch

Er woiß no guat, wie er sich hot verleida müssa, domols, als Büable. Wia se ehn ausglachet hand, de Größere, weil er noit naufgroicht hot, domols. Am Anfang hot ehm d'Kenderschwester jedesmol a Schemele brocht, zom druffstanda. Mit dem hot's ehm noch glanget, aber glachet hand se ällaweil no, de Größere.

Oiner von de wichtigschte Augablick en seim jonga Leaba isch gwea, wo er's erschte Mol des Schemele nemme braucht hot. Domols hot er's stolz zur Schwester traga ond gsait: „I hau ganz alloi neitroffa! Jetzt brauch i nix meh zom druffstanda."

Dohoim hot er's glei em Vaddr vrzählt ond gsait: „Gell, jetzt ghör i fascht schon zu de Verwachsene." Dr Vaddr hot bloß glachet, isch ehm mit de dreckete Händ über seine Hoar gfahra ond hot gsait: „Jawohl Buale, jetzt ghörscht du zu de Große."

Letscht Woch isch er zuafällig drbei gwea, wia Bauarbeiter des alte Bauwerk abrocha hand. Sei Kenderschual! Er hot gsea, wia se dia weiße Denger rausgrissa hand. Grad vor se's mit em groBa Hammer hand zemmaschlaga könna, isch er naganga, hot oins romdreht ond neaber sich na uff da Boda gstellt: It amol bis ans Knui rauf hot's em etz groicht, so klei isch's gwea. Er hot sein Kopf gschüttlet ond vor sich na senniert:

So isch's halt em Leaba, 's isch alles relativ.

Vom Gähna ond Nesabohra

Eis Dialektkritzler sait dr Volksmund noch, mir däbet de kleine Leit uffs Maul gucka. Drbei isch des a glatta Ondertreibong – it amol de halb Wohret isch des. Mir nemmet erschtens it bloß de kleine Leit, sondern vor allem d'Bolitiker, Honoratiora ond andere Großkopfete uff eiser Bleistiftschippa. Des send moischtens viel dankbarere Opfer. Zwoitens gucket mir eisere Mitmenscha it bloß uffs Maul, sondern au en d'Auga, uff d'Nes, uff d'Händ ond uff älles mögliche sonscht no. Doch was i etz vrzähla will, des betrifft alle: Groß ond glei, Bolitiker ond Bettelma, Ehefraua ond Emanza, Beamte genauso wia Baura.

Scheint's hand älle oins gemeinsam: Älle hand heit no de gleiche Urinschtinkt wia eisere Vorfahra vor hondert oder no meh Johr. Rauskomma dand dia bsonders eidrucksvoll beim Autofahra. Jawohl. Ma ka's schier it glauba, aber wenn a Mensch em Auto onderweags isch, noch benemmt der sich uff oimol ganz ogeniert. Sämtliche Zwäng von dr moderna Zivilisatio wirft er uss em Fenschtr. Wenn se moinet, 's guckt koiner zua, noch geabet sich au hohe Viecher ond ältere Herrschafta so unbefanga wia kleine Kendr. 's denkt jo koiner dra, daß uff dr Gegafahrbah oder en dem Auto wo überholet, a Schbanner hocket.

It bloß telefoniera, senga oder hälenga fluacha dant d'Leit em Auto. Beim Gähna reißet se ihre Mäuler wagaweit auf, daß da vor dem schwaaza Loch schiergar Angscht grieaga

20
Martenson

könntescht, wenn's Bleach it drzwischa wär. Dr letschde Rescht vom Mittagessa werd seelaruhig uss de henderschte Backazäh rausgscherret – sei's mit de Fenger oder mit dr Zonga. Vergessa sand alle guate Maniera, wo oim scho von Kendheit a eibleut worra sand. Enteressant isch au, wo dia Fahrer ihre Händ überall hand. Wenns „Neabadana" stemmt, dieft ma oft grad 's Lenkrad an Beifahrersitz nom montiera. Do wärs Lenka oifacher, weil näher am Gescheha.

Wenn da mit ema normala Personawaga onderweags bischt, noch sand dia Ein- ond Aussichta it so guat. Aber uss em a höhera Bus oder Laschtwaga hosch da totala Einblick en anderleits Fahrzeug-Privatleaba. Em Sommer, bei 30 Grad Hitz, sitzet ansonschta reacht „zuaknöpfte" Dama em Auto, hand d'Blus bis an Bauchnabel na offa ond sonnet ihre Busa. Au de sonnaentwöhnte Schenkala gönnet se – oft it bloß a Muckaseggele – Luft ond Freiheit.

Obwohl es emmer schnellere Kärra geit, isch's schönste Erlebnis für de moischte Autofahrer scheint's it's Fahra selber. 's absolute Feeling krieget se – wer hätt des denkt – erscht, wenn se bei hoher Gschwendigkeit hm – i trau mir's kaum zom saga – ihre Zenka bearbeitet. Jawohl, Nesabohra, des muaß es sei! Des glaubet sie it? Beobachtet se doch amol selber, wieviel entgegakommende Autofahrer ganz ogeniert nesabohra dand ond hendadrei stolz mit de Butzameggeler Würschtla drehet.

Wenn de Greane kommet

Vor a paar Däg hot mei Vaddr en Spruch dau, der mi so reacht zom Senniera agregt hot. Er hot zu mir gsait: „Werscht seah, wenn erscht de Greane kommet, noch werd älles anderscht." Natürlich hau i ehm reacht gea, scho weil er mei Vaddr ischt.

Uff em Hoimweag hau i mir aber Gedanka gmacht, wen der gmoint hau könnt, mit dene Greane. Trotz überlega be i uff koin greana Zweig komma. Mit Greane, do könntet sich verschiedene Leit agsprocha fühla:

Frog i zom Beispiel mein Großvaddr, noch sait der: „De Greane, des isch doch ganz klar, des sand scho seit altersher d'Jäger. It omasonscht hot ma dia scho emmer wega ihre donkelgreane Kittel ‚Grearöck' ghoißa." Aber i woiß it, ob des no de echte Greane sand. 's Jaga isch doch en de letschte Johr meh ond meh zom agnehma Zeitvertreib für de Reiche worra, die eher ans protza denket als ans hega.

Mei Nochber behauptet, de oizige echte Greane seiet d'Baura. Dene häbet mir's zom verdanka, daß en dr Natur überhaupt no ebbes greanet ond blühet. Aber au do ka i it ohne weiteres zuaschtemma. Des mag vielleicht früher zuatroffa hau. Heitzudag müsset d'Baura em Kampf oms Überleaba doch eher vergifta als pflega. I glaub, so oifach ka mer's it seah, sonscht dürft sich heit jeder en Greana hoißa, der scho oimol en seim Leaba a Pflänzle gsetzt hot.

Meine Brüader setzet sich en ihrer freia Zeit für da Omweltschutz ei ond werret von de Eiheimische als „de Greane“ verschria. Dia schwöret zwar uff Holzhäuser mit Kachelöfa anstatt Betosilo mit Glasfassada, aber ’s Holz holet se au em Wald.

Noch isch do no dia alternativ Partei, dera ihre Mitglieder sich oifach selber de Greane tauft hand. Oine saget jo, der Titel paßt zu dene bloß dorom, weil se no a bißle grea hender de Ohra sand. Aber wenn dia meh zom saga hättet, müßtet mir vielleicht ’s Gschpenscht Atomkraft nemme so fürchta – bloß dät halt dr Strom teurer werra.

Bei dene ihre Demonstrationa muaß ab ond zua d’Polizei eigreifa ond zu de Polizischta sait dr Volksmund au de Greane. Problematisch werd’s, wenn de Greane uff de Greane losgand, sich grea ond blau schlaget ond hendadrei en dr greana Minna wegfahret.

Vielleicht sott i mein Vaddr nomol froga, wen er eigentlich gmoint hot, mit dem Satz: Alles werd anderscht, wenn erscht de Greane kommet. Aber d’Hauptsach isch, ’s werd alles besser, weil grea isch jo d’Farb von dr Hoffnong – ond hoffa derf ma jo.

Dohoim isch am moischta los

Älle, wo zom schaffa außer Haus müsset, dia bedaure i aufrichtig. Dia dand mir sogar älle saumäßig leid. Ha dia arme Daggel hand doch koi Ahnong was so lauft en dr Welt. Nix, aber au gar nix wichtigs griaget dia mit. I verrots ganz em Vertraua: Dohoim, do goht doch dr „Punk“ ab! I woiß fei, von was i schwätz, weil i zur Zeit selber dohoim be. Jetzt woiß i endlich, wo sichs wahre Leaba abschpielt: dohoim ond it en de Fabrika ond Gschäfter dussa. I ka's ui sa, seit i dohoim be, be i übers Wesentliche em Leaba beschtens informiert.

I woiß zom Beispiel scho heit, daß a ganz bekannta Staubsaugerfirma uff Weihnachta na a nuis Gerät zom Blättala butza rausbrengt. Woher? Ha, grad isch dr Vertreter do gwea ond hot's mir g'flüsteret. I be oifach informiert! I woiß was los isch, wenn am Dienstag morga en aller Herrgottsfrüah en Mordskrach vor em Haus isch: des sand d'Männer von dr Müllabfuhr, ha do brauch i scho gar nemme gucka. I woiß jetzt au, wona d'Frau Häberle jeden Morga pünktlich feif Minuta vor halba Neuna goht. Nehmlich zom Becka. Aber do kauft se it bloß Wecka zom Morgaessa, noi noi, dia kauft do d'Bildzeitong! Aber it am End bloß für sich selber, des wär jo gar nix bsonders, noi, noi, dia liest se bloß schnell ond noch schteckt se dia am Herr Wengert en Briefkaschta. Bis jetzt hau i noit rauskriegt, wer des Blättle eigentlich zahlt, aber des schaff i au no. Ja, ond erscht gescht war wieder dr Kavalier vom Heimkühlservice mit seim Waga do. Do hau i halt au

ebbes nemma müssa, weil sonscht hätt er mir jo it vrzehlt, was Nochbers doba eikauft hand. Scho wieder en ganza Packa Bommfritt. Do geit's scheint's bloß no Bommfritt zom essa. Aber lasset ma des.

Do behauptet doch oine en allem Ernscht, dohoim däb ma verblöda, d'Gehirnzella däbet langsam aschterba. Emanzagschwätz isch des! Ällz verloga. Ond au, daß dr Gschprächsstoff ausgau däb, do ka i bloß lacha. Gsprächsstoff geit's no grad gnuag: I ka zom Beispiel meim Alois heit Obend vrzehla, daß bei Müllers heit wieder erscht om Zehne dr Rollada hochganga ischt! Ha von wega Gehirnzella aschterba, so ebbes des regt Gehirnzella erscht richtig a! Ond sand ma doch ehrlich, des sand doch au dia Sacha, wo eis älle am moischta enteressieret.

Kaum bischt in, bischt scho wieder out

Endlich hau i mei Ruah! Des isch wieder en aschtrengender Dag gwea. I zieh mi mit dr Zeitong uffs Kanapee zruck, aber scho wer i gschtört:

„Whow! Bloß Highlights, dia Sunschinegames! Aber jetz be i total k. o. Ond en kähla Kohldampf hau i! I mecht a Cola-light ond a Sandwitsch, dr Fastfood-Mäc-Donald hot zua ghet“, bröllet Pierre, mei Jengschter ond keit sein Baseballschläger ens Eck. Drbei hau i gmoint, er sei mit seim Mountainbike zom squasha ganga. „Dussa em Küahlschrank“, bruddle i hender meim Blättle fierre. Grad hau i nehmlich en Artikel gfonda, der mi saumäßig neigierig macht: „Yuppies sind endgültig out“, schtoht do. So häb's a Trendforschong ergea. Jetz sodd ma bloß no tschägge, wa des hoißt. Zom beißa isch nix, de'sch klar. Noch emma Blick uff Titelseita be mr ganz sicher, daß i scho de deitsch Ausgab kauft hau.

Jetz dabbet au no mei Jacqueline drher. Mit ma nuia T-shirt om da Bauch ond mit Leggings an de Fiaß. Dia Lompadogg werd afanga au reacht gschmäckelig. I pfeif dur Zähn ond frog, woher se des Eigschlaif häb. „I be beim Schoppa gwea ond des hau i en dr Second-hand-boutique gsea, geil, gell. 's Ambiente dodenna war zwar ätzend, aber des Longshirt isch doch intergalaktisch.“

ICH BIN IN...
SOGAR LEBENSLÄNGLICH
No way
OUT

I schluck erscht mol, moß aber zuagea, daß des Outfit gar it schleacht aussieht. Longshirt hoißt ma des also. Muaß mr merka. Ond mei Madam verkündet: „Ja woischt, heitzudag mosch up-to-date sei, sonscht bisch mega-out!“

Des hot wohl mir golta. I bleib ganz cool ond gib zruck: „Du, dätsch mir it a Schäle Kaffee ‚Night and Day‘ kocha, i dur mi grad a bißle recycla.“ –„Du moischt wohl, du duascht grad relaxa!“

Neidrappet!

„Jo, o.k., o.k.! I ka halt it so guat Englisch“, gib i kleilaut zruck. Bisher hand mir drei Sprocha groicht: Schwäbisch, dur d’Nes ond über andere. Aber i glaub, jetz werds so langsam p’häb. I be no am überlega, ob i mir dia Blöße gea ond mei Jonga froga soll, was „Yuppies“ sand, do kommt eiser Vaddr zur Dür rei. „Ja griaß de, bischt scho do“, frog i ehn, heilfroh, daß i wieder mit ebbern normal schwätza ka.

„Jo, ’s isch ganz guat gloffa. I hau heit da Karra em Carport schtanda lau ond be mit em Interregio uff Schtuagert gfahra. Wenn rush-hour isch, kommsch en dr City sowieso nemme dure. Do isch’s am beschta, du machscht park and ride uff rail and road.“

Bätsch! Boing! Do hau i’s wieder. Oh Family! I glaub, i muaß jetz doch amol mit meine Teenies en’d Disco zom powera, daß i wieder mitschwätza ka. Hoffentlich werds koi Flop!

Von dr Nana ond em Nehne

'S WAR HALT A SONDRAGEBOT
Martensen

Dr Urmensch hot schwäbisch gschwätzt

Es ka gar it anderscht sei, dr Urmensch muaß schwäbisch gschwätzt hau. Jahrelang hau i dodrüber nochgrüblet ond je länger i mi mit dera Theorie befaßt hau, desto sicherer be i mir worra.

I ka mir oifach it vorstella, daß eisere Vorfahra, wo em Mittelalter oder no früher glebt hand, anderscht gschwätzt hau sollet. Früher muaß Schwäbisch d'Hochsproch gwea sei.

Wenn sich so a Naturmensch mit a ma weiblicha Naturmenschle zemmadau hot, noch hand dia beschtemmt it gsait: „Ich kann dich sehr gut leiden", sondern oifach: „I ma di!" Fertig, aus, hot'a!

Bei koiner Sproch roichet so wenig ond so kurze Wörter für a Gspräch aus, wie em Schwäbischa. Denket Se doch bloß amol dra, wieviel ma mit dene Wörtla „a-ha", „a", „ha" ond „ha-a" ausdrücka ka:

„A-ha", hot's Urfraule begeischteret gsait ond gnickt, wo's Urmaale se gfroget hot, ob se ihren Gruscht it zemmakeia sollet.

„A-ha, sodele", hot er gsait, wo er's Butzele gseah hot ond glei druff na: „Dia Nes hot's aber it von mir, ha-a!"

„Ha-no, wa da it saischt?" hot de frischbacke Moddr pfuuzget, moischt am End von mir, ha?"

„A-a“, hot noch's Kendle doa, wo's hot sei Gschäftle verrichta messa. D'Mama hot's uffs Häfele gsetzt ond gsait: „It aufschtau, ha-a. Hosch me verstanda, ha?“ 's Kendle hot gnickt ond gsait: „A-ha!“

Ond wenn noch ebbes denna gwea ischt em Häfele, hot d'Mama dia Leischtong äschdamiera messa: „Ha wa, etz hosch kenna, bischt a Hauptkerle, a-ha.“

Glaubet ihr etz, ha, daß sich dr Urmensch mit dene paar oifache Wörtla hot fascht verständiga könna?! Erscht viel später isch's nobel gwea, wenn oiner hochdeutsch gschwätzt hot, i denk so als reina Modeerscheinung zerscht. Hochdeutsch isch oifach „in“ gwea, wie mir heitige Schwoba saget. Des will aber it hoißa, daß dia Sproch besser oder gar scheaner gwea isch, ganz em Gegadoil, aber's hot halt zom guata Ton ghört. D'Mundart isch do drbei so noch ond noch zur Sproch von dene Domme worra, wo hand sich it hochdeutsch ausdrücka könna. Erscht so langsam merket d'Leit, was für en Schatz se fascht verlora hättet ond se schwätzet wieder schwäbisch. Enzwischa hand nehmlich fascht älle gmerkt: D'Mundart isch „in“.

Frisch frisiert für zeah Pfennig

D'Kunda bei de Frisör werret emmer jünger. Des isch koi Schlagzeile von dr Bildzeitong, sondern a Tatsach. Heitzudag loht ma scho Knirps, wo no 's Päckle am Fidale hand uff da Frisierstuahl sitza – obwohl se kaum zom Spiegel naufsehet.

Früher hand sich des d'Eltera gar it leischta könna. D'Moddr oder dr Vaddr hand de Jonge d'Hoar selber gschnitta ond do drbei hot's manchesmol Träna gea. Erscht wo Kender älter gwea sand oder vor dr Erschtkommunio hand se zom Frisör derfa. Drbei isch „Frisör" eigentlich übertrieba. Uff em Dorf war dr Frisör moischtens a Bauer, der sich neabaher a paar Mark für da Früahschoppa drzuaverdeanet hot. Sei ganza Ausrüschtung isch a handbetriebener Scherkopf gwea, wie man heut bloß no uff em Flohmarkt sieht.

Mit em Kopfschmuck von seine Kunda isch der it grad fei omganga. Oft hot's glotzget ond grissa, weil der d'Hoar hot furtkeia wella, bevor se überhaupt gschnitta gwea sand.

So a groß̈a Auswahl an Schnitt, wia des heit üblich isch, hot's au noit gea. D'Mädla hand Zöpf ghet, drom hot ma dene messa bloß d'Semplfransa schneida. D'Buaba hand beim Frisör wähla könna zwischa „halba" ond „ganz". Halba hot bedeutet, daß d'Hoar bis über d'Ohra nauf rasiert worra sand. Des hot ausgseah, wia wenn ma a Milchschüssel uff da Kopf setzt ond älle Hoar, wo rausgucket, wegschneidet. – Ma könnt au saga a Halbglatze. Der Schnitt hot zwansg Pfennig gkoschtet.

„Ganz“ isch a pflegeleichta Glatze gwea. Do drbei hot dr Moischtr sein Apprat am Henderkopf agsetzt ond isch bis noch vorna dure gfahra. Des isch oifacher zom schneida ond zom pfleaga gwea. Do drfür hot er bloß zeah Pfennig wella.

Dr Wunsch von alle Buaba isch nadürlich „halba“ gwea, weil mit ra Glatze isch freiwillig koiner gera romgloffa. Aber de moischte hand von dohoim halt oin Niggl mitkriegt ond domit war d’Frisur für de nägschte Wocha entschieda.

Oi so a schlaus Bürschle hot gmoint, ’s könn da Moischtr austricksa: Wia üblich isch er am Sonntig noch dr Kirch zom Hoarschneider ganga. Er hot zwar bloß zeah Pfennig em Hosasack ghet, aber wo ehn dr Frisör froget „halba oder ganz“, sait der oifach „halba“. Dr Moischtr setzt a, rasiert bis zu de Ohra, schneidet d’Semblfransa ond da Oberkopf. Wo er fertig gwea isch ond es an’s Zahla ganga isch, hot dr Lausbua bloß oi Niggale rauszoga. Dr Frisör hot saumäßig oflädig gschempft, aber dr Schnitt isch jo scho gmacht gwea. Des isch zwoimol guat ganga, aber beim dritta Mol isch dr Frisör nemme druff reigfalla. Er hot denkt: „Wart no, Büschtle, die griag i schon!“ ’s sell Büable sait wieder „halba“, dr Moischtr setzt henda sein Scherkopf a, fährt über de ganz Kopfhaut noch vorne dure, so daß es en richtiga kahla Stroifa gea hot. Wo des ’s Büable gmerkt hot, isch’s scho z’spät gwea. Dr Frisör hot ganz scheiheilig doa ond gsait: „Jetzt isch mir doch dr Apprat ausgrutschet, jetzt müsset ma halt vollends glatt rasiera.“

FRISEUR
KAHL IS COOL
Martensen

’s Hausmetzga

Essa isch für mi oina von de agnehmschte Beschäftigonga. A kleins bißle sieht ma des meim Umfang au a. Aber des isch it so tragisch. Mei Vaddr hot emmer scho gsait: Lieber en Bauch vom essa als en Buckel vom schaffa. Reacht hot er ghet. Wenns noch dene Schlankheitssapostel geng noch dürft ma jo it mol meh ’s Fettdruckte en dr Zeitong lesa. Außerdem hau i sowieso scho festgstellt, i ka essa was i will, i nemm oifach it ab.

Dr Appetit könnt oim zwar manchmol scho vergau, wenn ma liest, was heit en eisrem Essa so alles denna ischt.

’s isch no gar it lang her, do be i en ra Metzgerei gwea. Ois muaß i saga, der Metzger isch ganz bsonders gschäftstüchtig. Der macht a extra Wurscht für Kender. Dia isch viereckig, hot zwoi Auga, a ronda Nes ond a Maul. Wenn da a Scheib aufs Brot legscht, noch grinst de oiner a, wo aussieht wia dommer Auguscht. Ob der Kasper wohl au no so lacha dät, wenn er wüßt, was dr Moischtr älles neigwurschtet hot?

No vor guat fuffzg Johr isch des älles ganz anderscht gwea. Metzgereia waret zumendescht uff de kleine Dörfer rar. Fascht jedes Haus hot en Stall mit a paar Viecher ghet. Mendeschtens zwoi Saua ond a Kuah für d’Milch. Wenn dia Saua groß gnuag, eigentlich muaß i saga: fett gnuag waret, noch hot ma’s gmetzget. Des sand koine so jonge Denger gwea wia heit wo kaum

Heute 22⁰⁰ Uhr
THRILLER
DER HAUS METZGER
Arnold Schwarzenegger is Joe Butcher
Sei kein Mensch! Wasch Dich!
Martensen

a halbs Johr alt sand. Früher hot des Sprichwort golta: „Zu a ra reachta Sau muaß mendeschtens zwoimol dr Kloos komma sei.“

Gmetzget hot ma dohoim ond weil’s domols no koine Gfrierena gea hot, bloß em Wenter. A richtigs Fescht isch des gwea uff em Hof. Da ganza Dag hot uff em Herd ’s Kesselfloisch ond d’Kesselsupp dampfet ond scho zom Mittagessa hot’s Knochakraut mit Floisch ond frische Würscht gea.

Doch dr Roiha noch: Scho am Obend vorher hot d’Bäure en Haufa Zwiebel, Petersill, Gwürz ond Wurschtgarn zom Wurschta nagricht, daß ma am Morga hot möglichscht glei afanga könna.

’s moischte Floisch hot ma eigsalzet für Rauchfloisch. Da Rescht hot ma en Dosa neidau – eidoset, wie dr Fachma sait. Fascht’s wichtigscht am Metzga isch’s Schmalz gwea. Mendestens en Zentner hot’s gea müssa, weil domols hot ma zom Kocha no koi Margrene ghet. Höchstens an hohe Feierdäg, wie zom Beispiel an Vaddrs Namensdag, hot ma a Rendsfett gnomma. D’Saubloder hat ma emmer für d’Maschkerer butzet ond aufblosa. Dia hot so schea ausgsea wia heit d’Luftballon ond hot meh ausghalta.

Wenn dia Sau noch em Hof ghanget ischt, hot sich’s halbe Dorf gfrait. Noch isch au für „Anderleit“ a Schlachtet, des hoißt, ebbes vom metzga, abgfalla. De gwöhnliche Nochber hand bloß a Wuschtsupp griagt. Des isch dia Brüah, en dera dr Metzger ’s Floisch ond d’Würscht kochet hot. Wenn’s Bäure guat mit oim gmoint hot, hot se en dia Brüah a paar Stückla Kesselfloisch neidau. Für da Pfarrer ond da Lehrer ischt emmer a scheas Stückle Brotafloisch abgfalla. Mei Vaddr hot vrzehlt, daß er als kloiner Bua dia Päckla emmer zu Pfarrers ond zu Lehrers brocht häb. Des sei de oizig Arbeit gwea, wo er an dem Feschtdag häb doa dürfa. Saumäßig pressiert häb des emmer, weil a Floischbeschau, wie se heit üblich ischt, hot's domols noit gea. Böse Zonga behauptet, ma häb dorom am Pfarr ond am Lehrer zerscht dia Schlachtet brocht: Wenn's dene nix dau häb, noch häb mer's Floisch selber au essa könna.

Wellaweag ebbes worra

Wenn's it gega mei Natur – sozusaga gega's diafschte Innere vom a Schwob – gau dät, müßt i grad saga: Dia Jonge, wo heizudag 's Abidur oder no en höhera Bildongsabschluß beschtandet, dia bewondere i! Aber wia gsait, 's goht halt it. Wo i dia Thema vom letschta Deutschabidur gleasa hau, hau i hälenga zuageah müssa, dia heitige Abidurienta sand halbe Doktor. Do ka ma saga was ma will, früher isch d'Schual scho no oifacher gwea.

Alte Leit vrzehlet, daß bei ehne en dr kleina Dorfschual alle Schüaler von dr erschta bis zur siebta Klass, en oim Zemmer onderrichtet worra sand. Aber wenn mr 's froget, was se domols glernet hand, noch saget se: „'s Oimolois uss em Effeff!" Des ka von dene Jonge heit koiner meh behaupta.

Heit werd jo's elektronische Hira scho de Erschtklässler en d'Schualtüta neipackt.

Em Deutschonterricht hand se domols de große deutsche Dichter behandlet. Als Beweis, daß ebbes hangablieba ischt, hot mei Großvaddr emmer „Schillers Glocke" drhergsait: Feschtgemauert in der Erden steht die Form aus Lehm gebrannt – oder so ehnlich. Dia hot der au em hoha Alter no usswendig kenna. En Religio hand se da Katechismus ond de biblisch Gschicht von vorna bis henda glernet ond au des isch a Lebdag lang hafta blieba. Dia fromme Sprüch sand wahr-

ER MACHT GRAD SEIN ERSCHTA BRUCH
1/2
Markenson

scheinlich bei de ältere Semeschter emmer em Hendrkopf, wenn s' dr Deifl en Versuchong führa will. I woiß allerdings it, ob se am Ende au weniger gsündigt hand.

Für mi isch's a Wonder, wia dia sich des Zuig hand so guat merka könna. Aber d'Psychologa ond andere Gschdudierte hand do drfür bestemmt a Erklärong. Dia hand selligsmol au it d'Hälfte von dem lerna messa was de heitige Schüaler vorgsetzt kriaget. Vielleicht hot domols au d'Angscht vor dr Strof a Roll gspielt. Bis vor einige Johr isch's nehmlich gang ond gäbe gwea, daß d'Schüaler von de Lehrer körperlich züchtigt worra sand. Dia hands manchmol weaga ganz nichtige Sacha uss de Bänk raus zoga, daß se nochher Spleisa em Fidla ghet hand. Wenn oiner zom Beispiel dreckige Fengrnägl oder koi Sacktuach drbei ghet hot, hot's zwoi Datza ghaglet. Oder wehe, oiner hot vor dr Stond für da Lehrer d'Tafel it ganz sauber butzet ghet! A paar Hosaspanner sand d'Strof gwea. Heit weigeret sich d'Schüaler, d'Tafel überhaupt zom butza ond verweiset uffs Verursacherprinzip: Der wo se vollmolet, der butzet se au! Ond wenn ma scho grad bei de Tafla sand: Vor fuffzg Johr hand d'Kendr messa it fuffzeah Hefter, Farba ond Büacher romschloifa. Dia hand mit Griffl uff kleine Tafla gschrieba ond wenn ses usswendig kenna hand, hand se druffgspuckt ond des Gschribsel wieder wegbutzet.

Aufsätz hand se selligsmol au scho gschrieba. Natürlich hands dia Baurabüabla ond -mädla mit dr Grammatik it ällaweil so gnau gnomma. Se hand halt gschrieba, wia ne dr Schnabl gwachsa ischt ond wia ma dohoim gschwätzt hot. Des hot de domolige Schualmoischtr scho it baßt. Oiner hot amol onder so en Aufsatz nagschrieba: „Merke dir: Ällaweil ond wellaweag bleiben aus dem Aufsatz hussen!"

A guater Bettgwärmer isch ebbes wert

Grad blättre wieder ois dure, so a mords Drom von Versandhauskatalog. Dia Denger sand afanga so dick, do könntesch fascht oin z'tot schlaga drmit. Alles geit's do zom kaufa, was ma sich bloß denka ka. Grad hau i de elektrische Hoizkissa ond Hoizdecka aufgschlaga. Do fällt mir ei, daß i so ebbes dr Oma zom nägschta Geburtstag schenka könnt. Hälenga spickle i zu ra nom ond en dem Augablick gucket au d'Großmoddr von ihrem Strickzuig auf. „Isch ebbes“, froget se mi.

„Noi, noi, i hau bloß grad gsea, was da von mir zom Geburtstag griegscht.“ So schnell wia etz isch d'Oma no nia uss em Sessel gjuckt ond scho sieht se, was i aufgschlaga hau. Ganz entsetzt moint se: „En elektrischa Bettgwärmer! Ja du wersch mir doch koi so a nuimodischs Glomp kaufa wella. So ebbes kommt mir fei it onder d'Decke, au no vollends“

„Aber Oma, i mecht doch bloß, daß du emmer en a scheas, warms Bett schlupfa kascht.“

„Des ka i au. I hau mei kupferna Bettfläsch ond dia duat's mir, solang i no leab. Laß bloß des Zuig furt.“

Se isch wieder naghocket ond hot ganz aufgregt weitergstrickt. Noch ama Weile sait se: „Du muascht mei Bettfläsch amol agucka, noch witt mir koi Hoizdecke meh naufschwätza. Des isch no a richtigs Prachtexemplar. Koi so a Gommideng –

obwohl so oina zom Wampa gwärma besser wär. Meina isch wia gsait uss Kupfer, oval ond hot a selbergstrickts Azügle oms Ränzle rom.“

„Ach komm, dia isch doch bestemmt hondsalt, dia könntescht scho mol ausmuschtera“, will i se nomol omschwätza. Aber enzwischa isch d'Oma en ihrem Element.

„Wenn ihr Jonge no älles nauskeia könntet, was alt ond nemme ‚in‘ ischt. Drbei hand ihr koi Ahnong, daß grad des bsonders schea sei ka. A warma Bettfläsch em Bett isch doch ebbes ganz anders als dia künschtlich Wärme uss dr Steckdos. Iberhaupt woisch du gar it, wia früher a Bettfläsch äschdamiert worra ischt. Do hot's en de moischte Familia bloß oina für alle gea. Dia hot d'Moddr jeden Obend mit Wasser gfüllt ond en Kachlofa ens Röhrle neigschtellt. Der wo zerscht ens Bett ganga ischt, der hot se mitgnomma. Dr nägscht hot se bei dem em Bett wieder rausgholet ond so isch dia an kalte Wenterobend von oiner Bettlad en de ander gwanderet.“

„Des hört sich jo ganz witzig a.“

„Ha jo, des isch au luschtig gwea, wenn ma se beim groẞa Bruadr em Bett hot auslaufa lau – nadürlich hälenga ond ganz uss Verseha – so daß der au amol wieder ausgschempft worra ischt, weaga seim nassa Bett!“

„Ond wenn ma da ondera Miedr hot ärgera wella, noch hot ma se wahrscheinlich uff da Holzboda plotza lau, daß en reachta Schlag doa hot, ha, ha!“ hör i mi saga.

„Jo, du hosch reacht, aber des isch ganz früher no besser ganga. Domols hand se nehmlich Bettstoi ghet, richtig scheane große Kieselstoi. Mei Liabr, des hot emmer Schläg dau, wenn ma dia hot falla lau. Do hot's mords Dalla gea en Dielaboda nei.“

„Bettstoi?! Also Oma, nix gega dei Bettfläsch ond deine Bettstoi. Aber woischt wa, 's allerbescht war früher scho ond isch au heit no a Bettfläsch mit zwoi Ohra.“

Hendrem Herzlesdürle

Zuageah, i schneid a Thema a, des hot a Gschmäckle. Ond des em wahrschta Senn vo dem Wort. Mir goht's nehmlich oms Klo, genauer gsait oms Wasserclosett, abkürzt WC. Uff sellem leit bei eis dohoim – gega d'Langeweil bei de kleine ond große Sitzonga – emmer ebbes zom Leasa. Bei sora Gelegaheit be i uff a Büachle gschtoßa, des hoißt: „Kleines Lexikon der Superlative". I blettre dren rom ond sennigerweis leas i do, daß es em heitiga Pakischtan bereits vor 5000 Johr Wasserclosetts gea hot. Ha do be i von de Socka. Sand eis dia Ausländer om dausende Johr voraus gwea?!

Bisher hau i ällaweil gmoint, daß dia Eirichtong no gar it so lang erfonda worra ischt ond zwar vom a Schwob, besser gsait von ra Schwäbin. I ka me nehmlich no guat erinnera, wo i als Mädle amol mit dr Oma spaziera gloffa be, do isch mir so a kleis Häusle em a Garta denna aufgfalla. En dr Dür isch a scheas Herzle gwea – zom gucka ond lufta, wia i später erfahra hau. I hau d'Oma gfroget, was des für a Häusle sei ond ob do denna dr Oschtrhas wohna däb. D'Oma hot so romdruckt ond gar it gwißt, wia se mir dia Funktio von dem Örtle erklära soll. Aber i be jo it bled, i hau noch scho kapiert, was ma do denna duat.

Heit no sieht ma an manche alte Häuser en Holzschacht am Giebl na. Der hot anscheinend de gleich Aufgab ghet.

A Wasserclosett hand eisere Vorfahra gar it braucht. Ond au koine Klopapierrolla. Do hot ma oifach de alte Zeitonga zemmagrissa. Dia Blättla hand zwar it den drei-lagiga Komfort ghet, wia dia uss dr heitiga Werbong, aber dia sand rückstandslos verrottet. 's Nochfolgemodell isch, glaub i, noch scho a Porzellanschüssel gwea mit ema Hebel an dr Seita. Drneaba isch a Kruag mit Wasser gstanda. It zom trenka sondern zom Spüala nadürlich. A mechanischs Wasserclosett sozusaga. Do ka i mi no dra erinnera. Des isch no gar it so lang her, wo ma bei eis dohoim dia Schüssel nauskeit hot.

En dr Stadt hand se d'Wasserclosetts scho früher ghet als uff em Land hussa. Do isch amol so a Stadtfrüchtle en dr Vakanz zu de Verwandte uffs Land rausgkomma. Dia hand no so a zugigs Kabüffle ghet. Wo's Büable noch 's erschte Mol hätt müssa, isch es fürchtig verschrocka. Em Gegasatz zu dr weißa Schüssel dohoim isch ehm dia Holzbank mit dem großa Loch oheimlich gwea. Do hot er scho liaber an d'Holzbeig em Garta nabieselet.

Aber am dritta Dag hot er sei groß Gschäftle nemme vrheba könna. 's hot en mit dr Zeit scho saumäßig ploget ond er hot überlegt, wie er dia Agleagaheit mit em kleinschta Schada hendr sich brenga könnt. So hot er seine zwoi Bäsla gfroget, ob er it wenigstens en Strick hau könnt. Dia zwua sand en Stall naus ond hand ehm en scheana langa Kälblesstrick gholet. Mit zemmaklemmtem Fidla hot dr Vettr uss dr Stadt noch den Strick durchs Herzle duregsteckt ond agordnet: Ihr bleibet dohanna ond wenn i schrei, noch ziaget ihr so fescht ihr könnet. Dia Mädla hand sich gwonderet ond gspannt gwartet. Uff oimol isch's hendrem Herzlesdürle laut worra: Dr Bua hot en Schroi losglau ond dia zwua hand mit aller Kraft an dem Strick zoga. Do hot's a mords Gepolter gea – a Krach, grad als ob de ganz Hütte zemmafalla wett. Dia zwoi Mädla sand en Tod nei vrschrocka. Uff oimol got des Dürle auf ond dr Vettr kommt mit em Strick om da Bauch raus. Se hand ehn noch glei gfroget, zu was er etz den Strick braucht häb. Der hot sich losbonda, d'Hos zuagmacht ond seelaruhig gsait, er häb sich doch abinda müssa, weil: wenn's ehn en des Loch naghaua hätt, wär er jo seiner Lebdag nia meh alloi rauskomma.

No reacht iberzwer

Wo's no koine Auto gea hot, isch d'Welt zwar au nemme en Ordnong gwea aber no reacht klei. D'Leit uff em Land hand halt ihra Arbet kennt ond wenig Abwechslong ghet.
A Höheponkt em bäuerlicha Leaba isch dr Marktdag gwea. Do sand dia Baura en d'Stadt gfahra ond hand des Zuig verscherblet, wo se selber it braucht hand. Henna, Hasa, Saua, Oier, Rüaba, Epfl ond Grombiera – alles mögliche hot do da Besitzer gwechslet. Von dem, was se reighandlet hand, hand se noch feine Schtöffla für Kloider ond Hosa oder au mol a guata Soifa gkauft – oifach Sacha, wo's en dr Huck uff em Dorf it gea hot.

Bei de moischte Familien hot bloß dr Vaddr en d'Stadt gau derfa. Eisere guat katholische Großmüttera hand von Gleichstellong no nix gwißt. So sand sia brav dohoim bei de Kendr blieba ond hand d'Arbet weitergschaffet bis 's Oberhaupt wieder hoikomma ischt. Ond des isch oft reacht spät gwea.

Der Markt moß manchesmol bis en Obend nei ganga sei. Dr Vaddr isch nehmlich früheschtens zur Mohlzeit, des hoißt, zur Stallzeit wieder hoikomma. Frühestens! Oft isch's aber au scho nacht gwea. An settige Däg hot er emmer a bißle kähl rausgschwätzt ond isch gloffa wia so a Has – nehmlich Zick-Zack. Des sand au dia Däg gwea, an dene d'Moddr da Vaddr ghörig gricht hot: 's sei bloß guat, daß dr Gaul da Weag alloi hoi fendt hot se emmer debret.

Au für d'Kender isch's a Feschtdag gwea, wenn dr Vaddr uff da Markt ganga ischt, weil er für alle a Graumed hoibrocht hot: Für fuffzeah Pfennig Ziggerla oder Bäradreck ond für da Groß-vaddr hot's jedsmol a Päckle Olanda-Schnupftabak gea.
Oimol hot dr Vaddr en bsonders guata Handel gmacht ghet. Do hot er em Peterle a leaderna Kickball mitbrocht. Ond 's Genovefle hot a Doggale griegt – a handfeschtera Denge aber als dia Barbie-Puppa, wo se heit hand. Seit dem Dag isch d'Stadt für dia Kender a Schlaraffaland gwea wo's alles geit. Zu gera wäret se amol mitgfahra ond jedesmol, wenn dr Vaddr da Waga glada hot, hand se dribbaliert. Aber der hot koi Eiseah ghet. „I ka it au no Kendsmagd sei", hot er's agmaulet, „ond außerdem, ihr blamieret mi bloß mit uirem iberzwera Gschwätz."

Aber 's klei Peterle hot it luck glau. Der hot sein Vaddr solang buijägglet bis er ehn doch amol mitgnomma hot. „Aber schwätz mr au it so broit schwäbisch, wenn ma d'Stadt na fahret", hot er seim Jonga eibluiet, „it daß d'Leit glei merket, daß mir vom Dorf rei kommet."

„Jo Babba, i vrsprech dir's. I ka scho reacht schwätza. En dr Schual hand mir au scho amol noch dr Schrift schwätza müssa."

So hand se da Gaul eigspannt ond sand mit em vollgladena Waga losgfahra. Dr Vaddr isch uff em Kutschbock vornadoba ghocket ond dr Bua hendrem danna. Da Stadtberg na hand se en ganz scheana Zacka druffghet. 's Peterle hot fascht Angscht griagt ond von henda vierre gschria: „Du, Babba, soll i miecken?"

Ond dr Vaddr hot zruckgea: „Noin, Bua, jetz könnet mir den Karren sauen lauen!"

Schwoba ond Anderleit

Ha – wer isch etz do wohl ärmer dra?

's hoißt jo oft, mir Schwoba häbet's schwer mit eisrer Sproch. Scho eisere Kender häbet Schwierigkeita en dr Schual, weil se ganz anderscht schreiba müsset, wia se schwätzet. Aber i hau festgstellt, dia Leit wo hochdeutsch schwätzet, sand no viel ärmer dra. Des it bloß, weil dia gar koi echta Moddrsproch hand. Se kennet eis Schwoba it verstau, des isch des Schlemme!

Letschda Sommer hau i des wieder gsea. Do be i mit meiner Familie, wia de moischte Deutsche, z'Italien em Urlaub gwea. Wia sich's ghört, hand mir jeden Dag a bißle d'Sonna genossa. I moi, mir zählet eis jo it grad zu dene ganz verruckte Sonnafanatiker, aber's isch scho a scheas Gfühl, wenn da am Teutonagrill leischt ond dr d'Sonna a bißle uffs Hira brennt. Ond was macht's scho aus, wenn da am Ma am Obend d'Haut von dr Glatze ra ziah kascht. Des ghört zom a reachta Urlaub.

Mir lieget also ganz provitlich en eisere Liegestüahl denna ond land da Herrgott en guata Ma sei. Vor eis danna hot eiser Mädle gspielt ond mit em Sand a Sandburg baut. Richtig stolz sand mir uff se gwea, weil se beim Baua soviel Gschick zoigt hot. Vielleicht werd se amol a Gschdudierta, a Archidekte oder so, weil mit dem Talent brengt's dia beschtemmt zu ebbes. De ganze Kendr von de omliegende Familia (em wahrschta Senn von dem Wort) hand sich scho om eis rom vrsammlet ond des Bauwerk von eiserer Tochter beschtaunt. An dene ihre glänzige Auga hot ma genau gsea, daß se am liabschda au mitgsandlet hättet.

Des hot enzwischa au eiser Mädle gmerkt. Ganz mutig isch se uff oi so a kleis Büable zuaganga ond hot gfroget: „Mechtescht amol mei Schäufele hau?“ Des Büable hot se do druff na bloß mit große Auga agucket, isch zu seiner Mama gspronga ond hot gsait: „Mama, ich kann das Mädchen gar nicht verstehen!“ Wo i des ghört hau, hau i grinst ond denkt: „'s isch doch guat, daß mir Schwoba sand. Dia Norddeutsche hand doch nix wia Verständnisprobleme!“ Am liabschda hätt i des kleine Büable gschtreichlet ond zu ehm gsait: „Woisch wa, du daurescht mi grad.“ Aber des hätt er jo au wieder it verschtanda. Se sand scho arm dra!

A Versicherong gega Versicheronga

Grad leg i mi zu meim Mittagsschläfle na ond als ob des oiner gschmeckt hätt, klinglet's an dr Haustür. I mach auf ond dussa schtoht a Ma, den wo i gar it kenn. „'s werd au koi Hambuscht sei", goht's mir dur da Kopf. Aber er sei von ra großa Versicherongsgsellschaft, sait er, ond mecht sich mit mir amol über mei Zukunft onderhalta. Ha der hot mr grad no gfehlt zu meim Glück! I muaß an den Satz uss em Werbefernseha denka, do saget se doch emmer: „Man kennt uns eben!" Leider hot des bei mir it zuatroffa. Wenn i den Versicherongsfritze nehmlich kennt hätt, no hätt i d'Tür glei gar it aufgmacht. Aber etz isch's scho z'spät, der schtoht scho em Hausgang henna ond steuret zielstrebig dr offena Stubatür zua. Neabazua vrwicklet er mi glei en a Gspräch über meine scheane Bloama. Mei, dia Kerle wisset scho, wie se's macha müsset. Dia werret alle psychologisch trimmt, bevor se uff d'Leit losglau werret. Obwohl i des woiß, fall i emmer wieder druff rei. 's muaß scho ebbes dra sei an dene Verkaufsschulonga.

Kuuz ond guat: Wo i ehm meine paar Versicheronga aufzählt hau, hot er ganz entsetzt gucket ond gsait: „Sie sind ja total unterversichert!"

„Des woiß i, des hand scho meh festgstellt", gib i triompfierend zruck, „aber des isch mir liaber, als wenn i überversicheret wär. I überleg mir grad, ob i mei Haftpflichtversicherong it au no kündiga soll, weil i jo sowieso von Anderleit nix heemach", sag i ond frei mi hälenga am Gsichtsausdruck von meim Geganüber. 's blanke Entsetza gucket uss dem seine Auga raus – oder vielleicht isch's au Mitleid. Wahrscheinlich stuaft er mi – dank seiner pychologischa Schulong – glei als hoffnungslosa Fall ei, doch mendeschtens schwätzt er weiter:

„Sie brauchen unbedingt eine gute Lebensversicherung, meine Dame, schauen Sie mal, ich hätte da ..."

En dem Augablick reitet mi so a kleins Deifele, wo mir eigeit: „Ha, dem zoigsch etz amol, ob i sei Dame be ond was sei Ausbildung wert ischt." Drom sag i zu ehm: „Moment amol, a Lebensversicherong wand Sie mir naufhenka. I be a Schwob! Ha do ruit mi dochs Geld ond em übriga isch mir des au z'gfährlich. Am End dät sich's Sterba no lohna. Noi noi, ohne mi, do müsset Se sich scho a Demmera suacha."

Aber des isch a ganz hartnäckiger Kerle. Wenn der oin amol am Wickel hot, noch loßt er oin it so schnell wieder los. Er sieht, daß uff meim Schreibtisch a moderner Compiuter stoht ond wahrscheinlich kapiert er, daß i doch it grad uff dr Brennsupp drher gschwomma be. Uff jeden Fall bietet er mir en Haufa Versicheronga für den Compiuter a, nochdem er erfahra hot, daß i mit dem Gerät sogar ab ond zua schaff.

„Das Wichtigste ist, daß Sie so schnell wie möglich eine Versicherung gegen Stromausfall abschließen, denn sonst sind Sie aufgeschmissen, wenn der Strom einmal ausfällt."

„Des be i au mit ra Versicherong, weil mei Gschribsel bei Stromausfall sowieso nemme do ischt ond Ihra Versicherong ka des noch au nemme zruckhola", sag i, doch der Gwaltigel geit emmer noit auf. Er bietet mir etz a Versicherong a, dia eisprengt, wenn dr Kaffee en Compiuter neilauft ond d'Softwär

REISEVERSICHERUNG
Martensen

vrdrecklet – do drbei drenk i gar koin Kaffee, aber des enteressiert den Menscha gar it. Enzwischa isch der bei de Brillaversicheronga aglangt. Wo er sich mit ma kurza Blick drvo überzeugt hot, daß i gar koi Brilla hau, stellt er fescht, daß dia Versicherong au für d'Sonnabrilla tauga däb – ond des en eisere Breitagrad! Des isch jo fascht zom Lacha, wenn's it eher zom heila wär. Aber etz hau i endgültig gnuag, von dem Bsuach ond i sag:

„Wisset Se was, geit's eigentlich no koi Versicherong gega's versichera? Ha, dia dät i glatt aschließa. Wenn i nehmlich dia Versicheronga alle zahla müaßt, wo Sie mir grad abotta hand, noch könnt i mei Familie nemme ernähra!"

Von weaga maulfaul

Letscht Woch sand bei eis nebadana nuie Nochber eizoga. Scho an dene ihrer Sproch hand mir gmerkt, daß dia von ganz weit doba em Norda stamma müsset. Glei zwoi Däg später hand sich dia bei eis vorgstellt: Maier däbet se hoißa ond mir hand gsait, daß ma eis den Nama guat merka könnet, weil's Maier bei eis honda no grad gnuag geit.

Des sand au reachte Leit, obwohl se von nördlich dr Donau kommet. Zom Kennalerna hand mir, mei Ma ond i, Maiers glei uff da Samstigobend zom a Viertele Trollinger eiglada.

Wo se noch komma send, hot dr Herr Maier en scheana Blomastrauß mitbrocht. „Siescht, der woiß, was sich en bessere Kreise ghört", hau i hälenga zu meim Ma gsait ond en meim beschta Schual-Hochdeutsch zu eisere Gäscht: „Kommen sie doch bitte in die Stube rein."

„Oh, sie können gerne Dialekt sprechen. Ich arbeite schon fünf Jahre in dieser Gegend, meiner Frau und mir gefällt das Schwäbische sehr gut", hot noch dr Herr Maier gsait.

Meim Ma ond mir sand gleichzeitig zwoi riesige Stoibrocka von de Herzer gfalla, dia hand 's Eis glei brocha. Über alles mögliche hand mir eis mit Maiers onderhalta ond do drbei gmerkt, daß eisere Ansichta oft gar it so verschieda sand, wie ma emmer moint. Mir hand rausgschwätzt wia emmer ond

Maiers hand sich über eiser Aussproch aufghalta. Bald hand mir gmerkt, daß se eaba doch noit alles verstandet. Wo mir's zwoite Viertele gschlotzet hand, sait mei Ma zu mir: „Du, etz werds afanga Zeit, daß mir afanget zom Essa.“ Maiers gucket sich frogend a ond grinset: „Was war jetzt das? Sie sagen das Wort ‚afanga‘ gleich zweimal, wo sich die Schwaben ansonsten doch möglichst kurz ausdrücken.“

„I hau gsait, daß es afanga Zeit werd, daß mir afanget zom Essa. Des isch koi Wiederholung, des sand zwoi verschiedene Wörter, do isch die Betonung doch ganz anderscht“, klärt mei Ma Nochbers auf.

„Wenn i zom Beispiel sag, i muaß etz afanga kocha, noch moin i, daß ich mit dem Hinrichten der Mahlzeit beginne“, sag i, wieder ganz stolz uff mei aschtreins Hochdeutsch. „Des duasch, i krieg fei afanga Honger“, geit mei Ma zur Antwort, zwenkeret mit de Auga ond sait: „Schrei mir au, wenn dr Georg hoikommt. Den Lausbua muaß i afanga, weil er scho wieder mei Pfeifle verschloift hot.“

Eisere Gäscht sand tiaf beeidruckt ond dr Herr Maier sait: „Das letzte afanga bedeutet wohl abfangen, hab ich recht? Ihre Mundart gefällt mir immer besser. Könnten sie uns nicht ein bißchen Nachhilfeunterricht geben.“

„Ha no, so oifach isch des noch au wieder it. Zom schwäbisch schwätza muaß ma vor allem 's reachte Maul hau. Do leit dr Hond denna. Sonscht dät's scho lang en Volkshochschualkurs ‚Schwäbisch für Nichtschwaben‘ gea. Aber mir könnet's jo amol probiera. Saget se amol: ‚Oi, Oi!‘“ Maiers gucket sich a, verdrehet ihre Mäuler, brenget aber koin Ton raus.

WENN ER IT AUSG'SCHLOFA HOT, ISCH ER FURCHTBAR GRÄTIG !
Martensen

„Ha, des isch a Grundübung, zwar a bißle o 'a g n e h m, aber des müsset se scho beherrscha, wenn se schwäbisch lerna wellet“, sait mei Ma ond lachet sich hälenga ens Fäuschtle. „Probieret mer's nomol: Oi Oi.“

Wieder höret mir bloß a komischs Gluggera ond Gorgsla.

Grad, wo mr's hand lachend aufgea wella, strahlt d'Frau Maier uff oimol übers ganz Gsicht ond sait: „Zwei Eier!“

A Radler für en Radler

Geit's au ebbes scheaners, wia em Sommer mit em Fahrrädle en dr Landschaft rom zom fahra? Guckescht rom, guckescht nom, lauter Gegend om de rom. Wenn i mi noch müadgstramplet hau, kehr i en a ra Gartawirtschaft ei ond bschtell mir a küahls Radler. Ma gönnt sich jo sonscht nix. (Für dia, wo des Getränk it kennet: Des isch Bier mit Sprudel gmischt.) Doch's letschtemol eikehra leit mir no schwer em Maga: Do loin i ganz gschafft von dera Astrengung en meim Stuahl ond schleck grad da Schaum von meim Radler a, no kommt oiner zu mir an Disch her ond froget: „Guten Tag, darf ich mich zu Ihnen setzen?“ – ond des, obwohl de ganze Disch om mi rom leer gwea sand, des muaß ma sich amol vorstella. Der hätt's Maul gar it aufmacha braucha, weil i alloi aus dem Asenna ond an seim Eigschlaif gmerkt hau, daß er koi Hiesiger ischt.

„Grüaß Gott“, hau i gsait, „ha jo, noch setzet Se sich halt her“ ond dreh mi glei wieder weg. Der braucht gar it moina, i well a Gschieß mit ehm afanga. „Heute ist ein wunderbarer Tag, nicht wahr?“ hör i's vom andera Stuahl rom.

So en Schmarra, des sieh i selber. Wa solle etz do druff na saga, denk i ond gib zruck: „Jo, scho, aber des Wettr hebt bestemmt it lang!“

„Ja freuen sie sich denn nicht, daß es heute so schön ist?“

„Doch, scho, aber wer woiß wia's morga werd?"

„Bitte?! Ach so, morgen ... das ist doch unwichtig, Hauptsache, heute ist es schön."

Des isch scheint's a ganz Hartnäckiger. Am liebschta dät i ehm ghörig übers Maul fahra, daß er mir endlich mei Ruah loht. Statt dessa sag i aber übertrieba freindlich:
„Noi, des isch ganz ond gar it ‚unwichtig', weil i morga en meim Gärtle schaffa will, drom sott's morga it scho wieder soi ... ah, regna." I hoff, daß eiser Onderhaltung do drmit gloffa ischt, doch do hau me däuscht.

„Aber das ist doch kein Hindernis, sich heute an der Sonne zu freuen!"

„Nadürlich it, sonscht dät i jo it dohanna sitza", gib i glada zruck, „aber jetzt land Se mir doch mei Ruhe ond freuet S i e sich – wenn Se obedengt wellet."

„Oh, ich wollte sie nicht ärgern, Entschuldigung", hot der Reigschmeckte gsait ond i hau ehm des schiergar glaubt – bis er weiterschwätzt:
„Gestatten Sie mir noch eine Frage?" ond ohne mei Antwort abzomwarta: „Warum können sich die Schwaben eigentlich für nichts begeistern."

I denkt, i hör it reacht. Gott sei Dank be i scho ghocket. Des trifft mei Schwobaherz natürlich furchtbar. Wenn i en Herzschrittmacher traga dät, hätt's den sicher en dem Augablick nausghaua ond entsprechend antwort i: „Des stemmt doch gar it! Also so en Schmarra hau i doch mei Lebdag noit ghört!

Mir Schwoba sand genauso begeischderongsfähig wia andere Leit au – aber des braucht jo it glei a jeder merka!"

„Hören wir auf damit. Darf ich Sie zur Versöhnung zu einem Vesper einladen?“

En meim Oberstüble schaffet's. Dr Maga knurret. Soll i des Angebot anemma? Also narret gmacht hot er mi, denk i, ond wenn der Fischkopf scho ebbes ausgea will, no isch des jo it meh als reacht ond billig. Des muaß i eigentlich scho ausnütza, au wenn's a fremder Ma ischt. Uff jeden Fall hot der mi mit dem Angebot wieder so halbweags besänftigt ond i renk ei: „Ha no, wenn des so ischt ... do sag i it noi, obwohl a richtiga Brotzeit für mi jo nix bsonders ischt.“ Ond noch ra kloina Pause, en dera au mei Geganüber koin Ton von sich gea hot, sag i: „Aber des, was Se do vorher gsait hand, des stemmt fei it: mir Schwoba könnet eis scho begeischdera! Grad für a gmüatlichs Vesper, oder a scheas Kloidle, oder au beim a spannenda Fuaßballspiel. Ond ausdrücka könnet mir des au, it daß Se moinet. Wenn mir amol vor lauter Freid aus eis raus gand – i gib jo zua, des isch mir de letschde Johr nemme bassiert – noch saget mir zom Beispiel: Des isch jo sauguat, oder bollaguat. De Jonge hau i scho saga ghört: Des isch affastark! Ond wenn i überlega dät, no dätet mir bestemmt nomol a paar Wörtla eifalla.“

„Ja, das sind ja wirklich ganz treffende und bildhafte Ausdrücke, an der schwäbischen Sprache fehlt es nicht.
Also muß es am Menschenschlag hier liegen!“

Jetzt got des scho wieder a, denk i, ja geit's des au, der ka's it lau. I merk, wie mr scho wieder d'Wuat en Kopf steigt ond i sag mit Nachdruck zu dem Nordlicht:
„Also Sie möget des bestemmt au it, wenn jemand dauernd auf Ihre Oigaheita romhacket, obwohl Sie jo au gwiß gnuag drvo hand! I gang etz, vor i no meschugge wer! Ihra Vesper könnet

Se sich an Ihren it vorhandena Huat oder sonscht wo na stecka, pfüat Gott!“

„Nein, bitte, entschuldigen Sie. Bleiben Sie doch, ich wünsche Ihnen einen guten Appetit.“ Während de letzte Sätz hot d’Wirte so en scheana Brota Rauchfloisch mit em a Baurawecka brocht, daß mir grad ’s Wasser em Maul zemma gloffa isch. I ka mi it beherrscha ond fang doch a zom essa. Mei, dr Geischt isch willig, aber ’s Floisch isch eaba schwach.

Haa, ’s geit doch nix bessers wia ebbes Guats. Ma sott it glauba, was alles en oim nei goat, wenn’s nix koscht. Solang i g’essa hau, isch an mei Dischnochber ruhig gwea. Aber i hau gmerkt, daß er mi de ganz Zeit beobachtet –, grad so, als ob er uff ebbes warta dät. Wenn i ebbes it leida ka, noch isch des, wenn mir oiner beim Futtara zuagucket. Uff oimol werd mir’s z’domm ond i frog ehn gradraus: „Was isch, worom gucket Se so, hand Se no nia ebbern essa seah?“

„Na, schmeckt’s Ihnen?“ froget der bloß zruck.

„Ha jo, des sehet Se doch, guat isch’s!“

„Warum sagen Sie’s dann nicht?“ froget mi der Lällabäbbel etz.

„Ha, weil i ess. Des werd wohl roicha, wenn i nix sag! Wenn’s it reacht wär, noch dät i jo meckera!“

A folgaschwers Mißverständnis

Also eiser oberschwäbischer Dialekt isch so vielseitig wia mir oberschwäbische Landsleit au. Bei eis schwätzt ma oft scho von oim Dorf zom nägschta anderscht. It bloß oizelne Buachstaba werret anderscht ausgsprocha, manchmol existieret ganz andere Wörter. Do soll bloß oiner von dene Fischköpf behaupta, mir Schwoba häbet koi Fantasie.

’s wär doch echt zom überlega, ob ma it uff jedem Rothaus a Lischta mit settige „dorfspezifische“ Wörter auflega sott.

Wenn’s nehmlich settige „Dictionärla“ gea dät, noch hätt de folgend Gschicht it passiera könna: Am Karle isch’s dohoim z’langweilig worra. Er hot gmoit, ’s wär Zeit, daß er amol ebbes anders zom seha griagt. Er hot seine sieba Sacha packt ond isch naus en d’Fremde. Bis uff Neufra isch er komma. – Des Dorf leit no hender Riedlenga dieba.

Ond weil ma au em Muschterlandkreisle ond drom rom it ganz ohne Moneta auskommt, hot er en Baura gfroget, ob er ehm a bißle helfa dieft – für a reacht’s Vesper, verstoht sich. Der hot ehn zwar zerscht komisch agucket aber am End doch gsait: „No gosch halt mit eis zom Grombiera glauba.“

Des hot dr Karle au doa ond sich beim buggla gar it ogschickt agstellt, obwohl ehm am Obend d’Knui saumäßig weh dau hand. Uff jeden Fall isch dr sell Bauer zfrieda gwea mit ehm.

„Du schaffescht gar it schleacht, kasch glei no da Stall firba!" hot er ehm no agschaffet.

„Heidanei, was hoißt jetzt wohl des letschte Wort", hot sich dr Karle denkt, „i hau doch au deitsch glernet, aber des hau i doch no nia ghört." Er isch oschlüssig romgschtanda, aber froga hot er sich it traut. „Firba, des ka fascht bloß fuira hoißa", denkt er. „Aber wieso soll jetzt i da Stall azünda? Jammera dand dia Baura jo scho emmer, aber so schleacht got's dene doch au wieder it, daß se ihre Stallonga warm a'brecha müßtet. Do ka doch ebbes it stemma!"

Weil er noch zeah Menuta ällaweil no am Gablastiel romgloinet ischt, froget ehn dr Bauer: „Was ischt, fehlt dir ebbes? Witt it endlich afanga, daß da fertig werscht ond zom veschpera kommscht?" Dr Karle druckt no a Weile rom ond froget schließlich: „Bauer, hosch du mir Schweafala?"

„Ja du Zibere, zu was brauchscht du Schweafala? Bei eis em Stall werd fei it zündlet ond au it grauchet, daß ma eis do glei richtig verstandet!" So isch er weiter ganga ond hot da Kopf gschüttlet.

„Du Bauer, wart amol. Was soll i doa? Was hoißt eigentlich f i r b a ?" hot ehm dr Karle nochgschria. „Ja k e h r a nadürlich! Ja woischt du des it? Wo bisch denn du aufgwachsa?" schreit dr Bauer scho ganz narret, „nemm jetzt endlich da Beasa ond guck, daß da fertig werscht ond weiter kommscht. Du bischt doch it so uff Zack wia i denkt hau."

So ka's gau, wenn's domm got. Mit so ra „Fremdwörterlischta" für d'Ausländer hätt's des Mißverständnis it gea.